Une créature inattendue

Les éditions de la courte échelle inc.
160, rue Saint-Viateur Est, bureau 404
Montréal (Québec) H2T 1A8
www.courteechelle.com

Révision : Hélène Ricard

Dépôt légal, 4e trimestre 2012
Bibliothèque nationale du Québec

La courte échelle reconnaît l'aide financière du gouvernement du Canada par l'entremise du Fonds du livre du Canada pour ses activités d'édition. La courte échelle est aussi inscrite au programme de subvention globale du Conseil des arts du Canada et reçoit l'appui du gouvernement du Québec par l'intermédiaire de la SODEC.

La courte échelle bénéficie également du Programme de crédit d'impôt pour l'édition de livres — Gestion SODEC — du gouvernement du Québec.

Catalogage avant publication de Bibliothèque et Archives nationales du Québec et Bibliothèque et Archives Canada

Meunier, Sylvain

Sucredor

(Premier roman ; PR165, PR166)

T. 1. publ. antérieurement sous le titre : *Le bon sommeil du roi de Sucredor*, Saint-Alphonse-de-Granby, Québec : Éditions de la Paix, © 2006.

Sommaire : t. 1. Le bon sommeil du roi — t. 2. Une créature inattendue.

Pour enfants de 8 ans et plus.

ISBN 978-2-89695-184-0 (v. 1)

ISBN 978-2-89695-197-0 (v. 2)

I. PA, Sophie. II. Titre. III. Titre : Le bon sommeil du roi de Sucredor. IV. Titre : Le bon sommeil du roi. V. Titre : Une créature inattendue. VI. Collection : Premier roman ; PR165. VII. Collection : Premier roman ; PR166.

PS8576.E9S83 2012   jC843'.54   C2011-942616-1
PS9576.E9S83 2012

Imprimé au Canada

Sucredor

2
Une créature inattendue

Texte de
Sylvain Meunier

Illustrations de
Sophie PA

la courte échelle

Chapitre 1

Tout allait pour le mieux

Le roi de Sucredor, Roupillon le Quatrième, avait retrouvé son bon sommeil et, pour qu'on ne le lui dérobe plus jamais, le vaillant veilleur en chef avait multiplié par quatre les rations de chocolat chaud de ses hommes, ainsi que la sienne, bien sûr.

Après une année entière passée à célébrer les épousailles de Sarah-Praline et Thomas-Nougat, la vie avait repris son cours paisible dans le florissant royaume, et le couple menait la vie heureuse des jeunes mariés.

Pour se préparer à leurs futures fonctions de souverains, ils parcouraient le royaume de long en large et s'instruisaient sur ses habitants, ses industries, ses arts et son agriculture. Ils portaient bien sûr une attention particulière aux grosses abeilles de Sucredor, lesquelles, on s'en souvient, étaient essentielles au bien-être du royaume.

Même dans le plus petit des villages, le couple princier était accueilli par d'émouvantes démonstrations d'affection. Les confiseurs et les pâtissiers rivalisaient de créativité pour monter des gâteaux si beaux qu'on osait à peine les manger. Les abeilles étaient mises à contribution pour dessiner dans le ciel de fabuleux tableaux représentant les amoureux.

Or, par un bel après-midi, le jeune couple éprouva le besoin bien naturel de demeurer seul un moment. Son carrosse, scintillant de bonbons clairs, s'arrêta au bord d'un ruisseau aux jolis reflets d'orangeade. C'était près des montagnes givrées qui séparaient le royaume des marais mijotants, qu'on appelait encore ainsi même s'ils ne mijotaient plus, et qui s'étaient transformés depuis longtemps en une vaste plaine de tire molle où personne ne s'aventurait.

Sarah-Praline qui, en déplacement, portait un pantalon tout simple et un chandail à l'avenant, avait eu envie de marcher un peu. Thomas-Nougat lui tenait la main, qu'il amenait souvent à ses lèvres pour y poser de tendres baisers. Rien ne semblait pouvoir déranger le bonheur des nobles amoureux. Et pourtant…

Chapitre 2

Un étrange animal

Un bruit d'agitation se fit entendre dans les buissons. Le couple s'arrêta. Ce fut la princesse qui la première aperçut, parmi les feuilles vert tendre, deux grosses billes jaunes parfaitement immobiles. Aucun doute, c'étaient des yeux ! Des yeux qui fixaient les jeunes gens !

Sarah-Praline s'avança.

— Attention ! dit Thomas-Nougat. On ne sait pas ce que c'est.

— Allons donc, ces magnifiques yeux ont l'air bien plus intimidés que menaçants, répliqua sa compagne.

Sarah-Praline écarta les branches. La créature ne broncha pas. La princesse lui présenta sa main afin de lui permettre de la sentir à sa guise.

— Nous ne te voulons aucun mal, susurra-t-elle. Il faut lui donner quelque chose pour l'amadouer, ajouta-t-elle à l'intention de son mari.

Thomas-Nougat ne quittait jamais le carrosse sans un petit encas de réglisse. C'était parfait !

Il en offrit un bout à l'animal, qui ne se fit pas prier pour l'avaler tout rond.

— Oh là là ! Tu sembles avoir drôlement faim, ma belle ! s'exclama Sarah-Praline.

— « Ma belle » ? Tu crois que c'est une fille ? s'étonna le prince. Je dirais plutôt un garçon.

— Pourquoi donc ?

— C'est une impression.

— On verra bien, lui dit-elle avec un air de défi. En attendant, elle a encore faim.

Thomas-Nougat lui tendit un autre bout de réglisse. Presque aussitôt, l'animal quitta son refuge et s'avança pour dévorer l'offrande. Les jeunes gens eurent alors le loisir de le contempler en entier, mais ils ne purent déterminer s'il s'agissait d'un garçon ou d'une fille.

Cela ne se voyait pas dans l'ombre du feuillage, mais il ou elle était couvert d'écailles violettes, ce qui se mariait à merveille avec ses grands yeux jaunes. Le corps s'étirait pour former une queue qui n'avait de cesse de battre l'herbe. Les pattes avant étaient en fait de petits bras munis de mains quasiment parfaites. La gueule, qui arrivait à la hanche des jeunes gens, rappelait celle d'un cheval, avec des babines semblables aux lèvres humaines.

— Je ne connais pas cet animal, dit le prince.

— Moi non plus, fit la princesse en écho, mais il a l'air très gentil.

Comme s'il avait compris ces bonnes paroles, la créature se mit à renifler avec insistance la poche du pantalon du prince, laquelle contenait encore des bouts de réglisse.

— Soit elle est gourmande, soit elle est affamée ! dit Sarah-Praline.

— J'opte pour la seconde hypothèse, répliqua le prince.

L'animal, confirmant l'opinion de Thomas-Nougat, avala tout ce qui restait de réglisse. N'ayant plus rien à lui donner, le prince et la princesse l'invitèrent à les suivre jusqu'à leur carrosse. Il leur emboîta le pas avec une gaieté qui démontrait qu'il était fort content que l'on s'occupe de lui.

La princesse et le prince décidèrent d'un commun accord d'interrompre leur tournée pour l'emmener au château, où le vétéran vétérinaire pourrait sans doute l'identifier, et trancher la question de son sexe.

— On ne va pas toujours l'appeler « l'animal », il faut lui trouver un nom, proposa Thomas-Nougat, chemin faisant.

Sarah-Praline, comme chaque fois qu'elle réfléchissait, posa le doigt sur sa bouche, fronça les sourcils et regarda vers le ciel. Elle ne trouvait pas.

— Ah! que dirais-tu de Bergamote? suggéra le prince. C'est jaune comme ses yeux, une bergamote, et c'est aussi un délicieux bonbon.

— Hum… Pourquoi pas?

Les amoureux scellèrent leur accord avec un tendre bécot, ce qui eut l'air de faire grand plaisir à Bergamote, qui gambadait à leurs côtés.

C'était le prince qui lui avait trouvé un nom, mais ce fut sur les genoux de la princesse que Bergamote passa le reste du voyage.

Chapitre 3

Aucun doute, c'en est un !

Quand le carrosse princier arriva sur la grande place, Bergamote quitta sa confortable position pour passer la tête par la fenêtre. Imaginez la sensation que firent sa bouille violette et ses grands yeux jaunes sur le bon peuple de Sucredor ! En quelques minutes, la nouvelle de la survenue de cette adorable créature fit le tour du royaume.

Son arrivée au château causa tout un émoi. Le moindre serviteur se pressait pour le voir et le cajoler, si bien que Bergamote se serait volontiers réfugié sous les jupes de la princesse, si elle en avait porté à ce moment-là.

Roupillon le Quatrième, qui venait d'abolir encore une fois les taxes et les impôts, se reposait de cette lourde tâche en faisant une petite sieste. Il fut réveillé par le brouhaha dont Bergamote était la cause.

— Oh ! le drôle de chien ! s'exclama le roi en écarquillant les yeux.

— Sauf votre respect, Votre Majesté, ce n'est pas un chien, corrigea le grand chambellan.

— Ce n'est pas un chat non plus, ajouta le ministre des Affaires-à-faire.

— Un ourson? essaya le roi.

— Non! fit tout le monde en chœur.

— Mais… le beau petit dragon que nous avons là! s'étonna enfin une voix à la fois tendre et haletante.

On se retourna. Le vétéran vétérinaire venait d'arriver. Comme la plupart des personnages de la cour, le vétéran vétérinaire était très âgé et, avec les années, il avait fini par ressembler à ses patients. Il avait les cheveux gris tombant sur ses longues oreilles, d'épaisses moustaches qui flottaient au vent, des lunettes d'écaille toutes rondes qui lui faisaient comme de grands yeux surpris, et un gros nez retroussé qui paraissait humer l'air sans arrêt.

— Un dragon ! s'étonna tout un chacun en reculant d'un pas.

Le pauvre Bergamote ne sut plus quelle attitude adopter devant tous ces gens qui semblaient soudainement le craindre.

— Il n'y a pas à avoir peur, les rassura le vétéran vétérinaire, les dragons ne sont pas agressifs, sauf quand on s'en prend à leurs petits, bien sûr.

— Mais ils crachent du feu ! s'inquiéta le consciencieux concierge, qui avait horreur que l'on abîme le palais.

— Oui… sauf que celui-là est trop jeune. Je dirais qu'il a à peine 100 ans, précisa le vétéran vétérinaire.

— 100 ans !?!?

— C'est que les dragons peuvent vivre au-delà d'un millier d'années, alors forcément, ça leur fait une longue enfance.

— Je croyais que les dragons étaient verts, s'étonna le docte docteur.

— Pas nécessairement, on en a vu de toutes les couleurs. Ce qui est extraordinaire, poursuivit le vétéran vétérinaire, c'est que jusqu'à aujourd'hui, le dragon était considéré comme une espèce éteinte.

— C'est le cas de le dire, plaisanta le ministre des Affaires-à-faire, qui rigola tout seul de son bon mot.

— Les dragons, enchaîna le vétéran vétérinaire, vivaient jadis fort nombreux dans les marais mijotants, qu'ils gardaient bien chauds avec leur haleine si particulière. Hélas ! ils ont été capturés tour à tour par les terrifiants trafiquants, qui les ont emportés loin d'ici pour les vendre comme appareils de chauffage. Or, la découverte de ce jeune

spécimen nous prouve qu'au moins une famille leur aura échappé.

— *Spécimen toi-même !* se dit en lui-même
Bergamote.

— Oh ! fit Sarah-Praline en fixant
Bergamote avec de grands yeux.

— Que se passe-t-il, mon enfant ? demanda Roupillon le Quatrième.

— J'ai peut-être la berlue, mais j'ai l'impression d'avoir entendu ce qu'il vient de penser.

— Rien de plus naturel, princesse, la rassura le vétéran vétérinaire. Les dragons peuvent communiquer par la pensée avec les êtres qui leur sont chers. On appelle cela de la télépathie. Ça leur évite de carboniser leurs interlocuteurs ! Mais qu'est-ce qu'il a dit, au juste ?

Sarah-Praline se pencha vers son nouvel ami et pensa très fort.

— *Qu'est-ce que tu as dit, Bergamote ?*

— *J'ai dit : « Spécimen toi-même ! » au vieux monsieur. Excusez-moi d'avoir été impoli, mais je ne veux pas être un spécimen, bon.*

— *Oh ! mais le vétéran vétérinaire n'avait pas l'intention d'être méchant, c'est un terme scientifique.*

— Et puis ? insista le vétéran vétérinaire.

— Bof… ! Rien d'important.

— Alors, je vais l'ausculter.

Bergamote, bien qu'un peu méfiant, se laissa faire, et le vétéran vétérinaire établit qu'on avait là un jeune dragon en parfaite santé. Il était trop maigre, soit, mais à Sucredor, ce petit problème serait vite réglé.

Quant à savoir s'il s'agissait d'un garçon ou d'une fille, il faudrait attendre encore un bon siècle avant d'être fixés. C'était comme ça chez les dragons.

Chapitre 4

L'expédition tourne court

Il ne fallut pas longtemps pour que Bergamote devienne la coqueluche du palais. Toujours de bonne humeur, jamais dérangeant, il apportait un surcroît de gaieté. Même le grand chambellan, si rigide, ne pouvait s'empêcher de lui prodiguer une petite caresse quand il le croisait. Le ministre des Affaires-à-faire lui avait fait aménager une belle chambre avec vue sur la grande place. Des cadeaux lui étaient parvenus des quatre coins du royaume.

Toutefois, le jeune dragon poussait à l'occasion de profonds soupirs, s'affalait, la gueule au ras du sol, et ses yeux jaunes devenaient tout humides.

— *Qu'est-ce qui ne va pas, mon doux Bergamote ?* lui demandait alors Sarah-Praline, par la pensée.

— *Je m'ennuie de papa et de maman !*

Que leur était-il arrivé ? Avaient-ils été capturés par les terrifiants trafiquants de bêtes ? Il fallait en avoir le cœur net.

Sarah-Praline et Thomas-Nougat demandèrent à Roupillon le Quatrième de lancer une expédition à la recherche des parents dragons.

— Quelle excellente idée ! s'exclama le roi.

De tout son règne, jamais Roupillon le Quatrième n'avait fait d'expédition, et ça ne faisait pas très sérieux pour un roi digne de ce nom. Il manda le maréchal médaillé, commandant suprême des forces terrestres, maritimes et aériennes du royaume de Sucredor.

Celui-ci ne se présenta au royal bureau que le lendemain, car il lui fallut toute la journée pour astiquer son uniforme. Ça faisait tellement longtemps que le roi l'avait convoqué !

Il écouta le roi très attentivement en tirant sur ses moustaches pointues. Il jugea que le mieux serait d'y aller par les airs, en utilisant le royal dirigeable.

Mais avant même que le roi et le ministre des Affaires-à-faire aient eu le temps de décider de quoi que ce soit, Sarah-Praline, en proie à une vive émotion, fit irruption dans le royal bureau.

— Père, Bergamote a disparu !

Quoi ? La première idée qui vint à l'esprit de chacun fut que Bergamote était lui-même parti à la recherche de ses parents. On pouvait le comprendre, mais il se mettait ainsi en grand danger d'être capturé par les terrifiants trafiquants !

L'expédition aurait donc lieu, mais plutôt pour retrouver Bergamote.

Le royal dirigeable atterrit au palais dans l'heure. C'était un superbe aéronef qui volait grâce à un millier des plus grosses et des plus fortes abeilles du royaume.

Le prince, la princesse et le maréchal médaillé montèrent dans la nacelle. Roupillon le Quatrième, quant à lui, prétexta que d'autres tâches le retenaient à terre, mais en vérité, il avait peur des hauteurs.

Ils ne volèrent cependant que quelques minutes avant qu'un étonnant spectacle s'offre à eux. Ils aperçurent, tout petits dans le lointain, des centaines de Sucredoriens et de Sucredoriennes qui couraient à toutes jambes, comme s'ils fuyaient un grave danger.

Chapitre 5

Un poil suspect

Et pour cause ! Tout de suite derrière eux s'amenaient deux énormes dragons, l'un rouge et l'autre bleu, qui crachaient dans le ciel de gigantesques colonnes de feu.

— Demi-tour ! cria le maréchal médaillé.

Pas si bêtes, les abeilles ne se firent pas prier et foncèrent vers le château. Même sans les toucher, la chaleur des flammes aurait pu leur brûler les ailes !

Le maréchal médaillé, le prince et la princesse mirent pied à terre au milieu de la panique générale.

Ils coururent à la salle du trône, où le roi se désolait. Il contemplait la grande place qui se vidait. Les pas lourds des dragons faisaient trembler le sol, et l'on pouvait mesurer leur approche.

— Qu'allons-nous devenir ? se lamentait Roupillon le Quatrième. Ils seront ici d'une minute à l'autre, et nous n'avons pas la moindre idée de ce qui est arrivé à Bergamote !

— Consultons le chef des espions, décida Thomas-Nougat. Viens, Sarah-Praline.

Sans perdre une seconde, il entraîna sa princesse vers les quartiers du chef des espions. Ils trouvèrent ce dernier espionnant, par-dessus les bras de son fauteuil roulant, au moyen d'une courte longue-vue, une araignée rose qui tissait sa toile avec du fil de barbe à papa.

— Entrez, entrez ! Vous ne me dérangez pas ! Je m'exerçais, juste pour garder la forme, expliqua-t-il.

Le couple princier lui décrivit tout de suite la situation.

— Je vois, je vois. Et où se trouvait Bergamote la dernière fois que vous l'avez vu ? demanda-t-il.

— Il faisait un somme dans sa chambre, répondit la princesse.

— Amenez-y-moi sur-le-champ ! commanda le chef des espions.

Il entra seul dans la pièce et en fit le tour très lentement en scrutant le moindre recoin avec sa courte longue-vue. Dans l'embrasure de la porte, Sarah-Praline et Thomas-Nougat

observèrent un silence respectueux et angoissé, jusqu'à ce que le chef des espions les appelle.

— Qu'est-ce que cela ? demanda le vieillard en montrant un gros brin noir qui traînait par terre. Prenez-le, dit-il au prince en lui tendant des pincettes et un sachet de papier, et retournons vite dans mes quartiers.

Le chef des espions s'installa à sa table de travail et plaça le brin noir sur la platine de son microscope. Il étudia la chose tout en consultant ses fiches.

— Oui… oui…, faisait-il à intervalles réguliers.

Enfin, il se tourna vers le prince et la princesse.

— Je suis formel, il s'agit d'un poil de sorcière poilue ! Or, poilue, pas poilue, il n'y a qu'une seule sorcière à Sucredor : Lola Cadabra !

— Lola Cadabra !?! Jamais entendu parler ! fit le couple d'une même voix.

— Elle est discrète, vous savez. Elle demeure au fond de la forêt perdue. Elle vit de la cueillette d'herbes et de petits fruits variés, avec lesquels elle fabrique des sirops très recherchés par nos confiseurs. Elle échange ses sirops contre notre fameux miel,

sans lequel elle ne survivrait pas, comme nous tous.

— On dirait qu'elle n'est pas bien méchante, remarqua la princesse.

— Non, en effet, sauf quand elle est de mauvais poil, comme toutes les sorcières poilues ! Et c'est sans doute le cas aujourd'hui, puisqu'elle a de toute évidence enlevé votre bon Bergamote pendant son sommeil.

Juste au moment où le chef des espions terminait sa phrase, le château trembla. Les dragons venaient d'investir la grande place !

Sarah-Praline et Thomas-Nougat coururent à la salle du trône. Ils y trouvèrent tout le monde — même le roi ! — couché par terre, les mains sur la tête.

Le jeune couple eut le courage de s'approcher de la fenêtre.

Chapitre 6

Ils sont là !

Vus de près, les dragons étaient franchement terrifiants. Dressés, le cou tendu, ils atteignaient la fenêtre de la salle du trône. Pour l'heure, ils se contentaient de menacer en crachant leur feu en l'air.

Je vais essayer de communiquer avec eux, décida Sarah-Praline.

Elle posa les doigts sur ses tempes, regarda les dragons bien en face et pensa très fort.

— *Monsieur Dragon, madame Dragon, vous êtes les bienvenus au royaume de Sucredor.*

Les dragons, surpris, retinrent leur souffle.

— *Comment se fait-il que vous sachiez nous parler ?*

— *Votre petit dragon violet me l'a appris!*

Aussitôt, le dragon rouge se cambra et cracha une formidable gerbe de flammes rougeoyantes.

— *Il est donc ici! Nous le cherchons depuis des jours. Rendez-le-nous!*

— *Ne soyez pas fâchés. Nous l'avons recueilli parce qu'il était perdu. Il a été très bien traité.*

Le dragon bleu exhala un long soupir de fumée turquoise. Ses gros yeux se mouillèrent.

— *Mais où est-il, mon petit ? On ne le voit* nulle part.

— *C'est que… il est absent pour le moment.*

— *Comment !*

Les dragons allaient se fâcher de nouveau.

— *Oh… Il est allé rendre visite à une amie. Si vous voulez bien patienter, et peut-être vous installer dans un champ, je pars le chercher tout de suite.*

Les dragons se consultèrent un instant.

— *D'accord, mais si vous ne tenez pas parole, nous transformerons ce palais en crème brûlée !*

Et ils s'éloignèrent vers la campagne.

— Mais comment ferons-nous, chère fille ? demanda le roi qui se relevait en rajustant sa couronne. Même si j'avais des gendarmes à lui envoyer, Lola Cadabra les métamorphoserait en figurines de sucre et ils seraient tout juste bons à décorer des gâteaux.

— Je vais aller lui parler, à cette sorcière poilue. Après tout, elle n'avait rien fait de mal jusqu'à présent. Sellez vite mon cheval.

— Quoi! protesta Thomas-Nougat. Tu comptes y aller seule?

— C'est préférable. Il ne faut pas la provoquer.

Chapitre 7

Au cœur
de la forêt perdue

Dans sa cabane au fond des bois, Lola Cadabra remuait tranquillement le contenu fumant d'une marmite en fredonnant une drôle de ritournelle.

*Poivre de Cayenne
et piment d'Espelette,
radis en julienne
et jus de ciboulette,
un brin d'estragon,
Ah ! petit dragon !
Tu m'en reparleras
de ce chocolat-là !*

Elle avait une voix de crécelle, et le pauvre Bergamote, tenu en laisse dans un coin, tremblait de toutes ses écailles violettes.

Lola Cadabra retira la louche de la marmite et huma le bouillon avec ses narines perdues dans une forêt de poils noirs et luisants.

— Hum… Je pense que c'est fort à point… Mais je vais ajouter une dose d'huile de chili.

Bergamote gémit misérablement.

Soudain, Lola Cadabra se figea. Elle venait d'entendre un bruit dehors. Elle écarta le rideau de la fenêtre et vit Sarah-Praline qui descendait de cheval.

Elle saisit tout de suite sa vadrouille et sortit en la pointant vers la princesse.

— Halte-là ! mademoiselle ! Où pensez-vous aller comme ça ? On n'est pas dans *Blanche-Neige et les sept nains*, ici !

—Je ne suis pas Blanche-Neige, je suis la princesse Sarah-Praline !

—La princesse ! Vous voulez dire princesse, dans le sens de…

—… de princesse !

La sorcière fut décontenancée par cette révélation.

—Je comprends, mais êtes-vous… LA princesse ?

— Je suis la princesse de Sucredor, Sarah-Praline en personne, pour vous servir.

— Pour me servir ! Ne me prenez pas pour une tarte ! Je devine bien que vous voulez reprendre le dragon.

— Dites donc ! en voilà des manières de recevoir une princesse !

Lola Cadabra prit un air contrit.

— Je suis de mauvais poil, ces temps-ci. Si vous vous étiez annoncée, aussi… Mais vous avez raison, je manque à mon devoir d'hospitalité. Puis-je vous offrir quelque chose à boire ?

— Avec plaisir.

Quand Bergamote vit entrer Sarah-Praline, il se mit à battre joyeusement de la queue.

— *Ramène-moi au château !* supplia-t-il.

— *Je suis venue pour ça, mais sois patient, il faut que j'use de diplomatie.*

Bergamote ne savait pas ce qu'était la diplomatie, mais il faisait confiance à Sarah-Praline et il s'enroula sur lui-même en attendant la suite des événements.

— Ce n'est pas ce bouillon que vous allez me servir, j'espère ? s'inquiéta la princesse en désignant la marmite.

— Je ne ferais jamais ça, Votre Altesse, répondit la sorcière, remplissant deux verres de jus de bleuet. Cette potion chocolatée est destinée à notre ami dragon. Croyez-moi, ça lui fera cracher le feu, malgré son âge.

— Mais justement, il est bien trop jeune. Ce serait très mauvais pour sa santé.

— Hélas, oui ! Mais ce sera très bon pour ma santé à moi. Je me fais vieille, je n'ai plus la force de ramasser le bois et de le couper. Or, sans bois, pas de feu ; sans feu, pas de sirop ; sans sirop, pas de miel ; et pas de miel, moi, je suis cuite ! Autant renoncer à la vie !

La sorcière essuya une petite larme avec deux doigts aux ongles noirs.

— Si je puis me permettre, dit Sarah-Praline en goûtant le jus, plutôt que de transformer Bergamote en chauffe-marmite, pourquoi ne pas quitter la forêt et vivre au grand jour ? Le royaume pourrait vous fournir tout le bois dont vous avez besoin.

— Est-ce que vous m'avez regardée ? demanda la sorcière. Vous voyez comme je suis affreuse ? Les gens me fuient.

En effet, si charitable que l'on fût, on ne pouvait faire autrement que de constater que la sorcière était d'une laideur repoussante.

— Certes, admit la princesse, mais vous ne vous aidez pas beaucoup. De tous ces poils, vous pourriez couper les plus gênants, coiffer les autres. Le tendre dentiste pourrait redresser vos dents croches.

— Vous croyez ?

— J'en suis convaincue.

— Et mon nez? Mon nez en patate à pattes, qu'est-ce que vous en faites?

— Pour ça, malheureusement, je crains qu'il n'y ait pas de solution. Personne n'est parfait! Mais attendez... Vous pourriez le maquiller en rouge, votre nez, et changer ce vieux manteau pour un joli costume coloré! Mieux vaut avoir l'air d'un gentil clown que d'une vilaine sorcière, non?

— Vous me tentez.

— En passant, ce jus est absolument délicieux. Je suis sûre qu'il ferait fureur sur la grande place.

Chapitre 8

Un choix difficile

Sur la grande place, justement, les Sucredoriens et les Sucredoriennes, sortis de leur
cachette, discutaient ferme. Chacun louait
le courage de la princesse, mais plusieurs se
demandaient si elle avait quelque chance de
réussir.

Du haut de la plus haute tour, le prince
Thomas-Nougat, inquiet, scrutait l'horizon.

— Prince, cher prince, ne voyez-vous rien
venir ? n'avait-on de cesse de lui demander.

— Ça y est, la voilà ! cria-t-il enfin.

En effet, Sarah-Praline revenait sur son
superbe cheval blanc avec, en croupe, Lola
Cadabra ! Et qui est-ce qui gambadait joyeusement derrière ? Bergamote !

Le bon peuple s'attroupa au passage du trio et lui offrit une formidable ovation. Cette liesse fut cependant de courte durée. Le bruit sourd des pas des parents dragons qui s'approchaient renvoya tout le monde aux abris.

Dès que ses parents furent à sa portée, Bergamote courut se jeter dans leurs bras. La scène fut touchante. Les Sucredoriens et les Sucredoriennes, tantôt terrifiés, soupiraient maintenant d'émotion.

Mais pourquoi la vie est-elle parfois si compliquée? Bergamote désirait de tout cœur retourner vivre avec ses parents, mais il était peiné de quitter tous ces gens qui avaient été tellement aimables avec lui, et surtout Sarah-Praline.

Thomas-Nougat, qui avait vite rejoint son épouse, choisit ce moment pour faire une proposition que la princesse transmit aux intéressés par la pensée.

— *Comment t'es-tu perdu?* demanda-t-elle à Bergamote.

— *D'affreuses créatures avec de grands filets couraient après moi.*

— *Les terrifiants trafiquants, bien sûr. Écoutez, monsieur et madame Dragon, votre cachette a été découverte. Si vous retournez dans les marais mijotants, vous ne serez jamais en sécurité. Pourquoi ne pas rester avec nous?*

— *Que ferions-nous ici ? Nos flammes représenteraient un danger pour vous.*

Sarah-Praline fit part de cet échange à Thomas-Nougat.

— On pourrait les utiliser, suggéra celui-ci. Nous avons là une sorcière qui concocte des sirops. Si nous construisions une confiserie spécialisée, les dragons fourniraient la chaleur nécessaire. Et pourquoi ne pas flamber des meringues ?

Sarah-Praline transmit la proposition aux dragons qui, après un moment de réflexion, se rendirent à l'évidence que c'était la solution la plus sage.

Épilogue

À Sucredor, la réalisation d'un projet ne tardait jamais. La fabrique de sirops fut très bientôt achevée et connut un grand succès, sous l'enseigne « Aux dragons flambants ».

Lola Cadabra, suivant les conseils de Sarah-Praline, se métamorphosa en clown, de sorte que les gens n'avaient plus peur de lui faire un brin de causette. En plus de vendre ses sirops, elle offrait son délicieux jus de bleuet dans un petit café attenant à la fabrique. Quand elle en avait le loisir, elle exécutait, rien que pour le plaisir de ses clients, un petit tour de magie sans malice.

Les dragons, la toque sur la tête, ne se contentaient pas seulement de fournir la chaleur, mais mettaient la main aux marmites et suggéraient des combinaisons originales.

Quant à Bergamote, il aurait pu difficilement être plus heureux. Il partageait son temps entre sa famille et son amie Sarah-Praline. Comme l'avait expliqué le vétéran vétérinaire, les dragons ont une très longue enfance, alors autant en profiter !

Table des matières

Chapitre 1 **Tout allait pour le mieux** 7

Chapitre 2 **Un étrange animal** 11

Chapitre 3 **Aucun doute, c'en est un !** 19

Chapitre 4 **L'expédition tourne court** 29

Chapitre 5 **Un poil suspect** 35

Chapitre 6 **Ils sont là !** 43

Chapitre 7 **Au cœur de la forêt perdue** 49

Chapitre 8 **Un choix difficile** 57

Épilogue 63

Sylvain Meunier

Après avoir enseigné pendant trente ans, Sylvain Meunier se consacre maintenant à l'écriture. Il a été trois fois finaliste au prix du Gouverneur général, pour *Le seul ami*, *L'homme à la bicyclette* et *Piercings sanglants*. En 2007, il remporte le Prix de création en littérature de la Ville de Longueuil pour la série Ramicot Bourcicot. En 2011, il obtient le Grand Prix du livre de la Montérégie pour *L'histoire de MON chien*.

Pour se détendre, il aime gratter sa guitare — même s'il dit ne pas avoir l'oreille musicale —, partir en promenade avec son chien, jardiner et jouer au badminton.

Sophie PA

Formée en design graphique à l'Université du Québec à Montréal, Sophie PA a développé un style au trait énergique et spontané. En avril 2011, elle reçoit la Bourse d'illustration Michèle-Lemieux. La même année, elle obtient un prix Lux en illustration, dans la catégorie étudiant.

Dans le prochain tome…

Au royaume de Sucredor, les gens commencent à chercher leurs mots et ne les retrouvent plus ! Le mal se répand même au palais, et seuls les dragons sont épargnés. Quel étrange phénomène… Mais celui qui se cache derrière cela l'est encore plus.

MIXTE
Papier issu de
sources responsables
FSC® C100212

Achevé d'imprimer
en novembre deux mille douze, sur les presses
de l'imprimerie Gauvin, Gatineau, Québec

EDU 03-12-12